Edition Akzente
Herausgegeben von
Michael Krüger

Oskar Pastior
Vokalisen & Gimpelstifte

Carl Hanser Verlag

Der Verlag dankt für die Abdruckgenehmigung der »Neununddreißig Gimpelstifte« dem Rainer Verlag, Berlin, wo die Gedichte erstmalig in einer bibliophilen Ausgabe von 160 Exemplaren 1990 erschienen sind.

ISBN 3-446-16573-8

Umschlag: Nach einem Entwurf von Klaus Detjen
unter Verwendung einer Zeichnung des Autors
Satz: LibroSatz, Kriftel
Druck und Bindung: Pustet Regensburg
Printed in Germany

Neununddreißig Gimpelstifte

des lebens bittere füße setzen
mich ins benehmen wenn du fragst:
ich seh? nur, wenn du frägst
dann sägen sie: du saßest (oder
sahst) auf testen wie der laster
rast – und esther läßt dir hinter
lange fetzen (die mehlige ver-
festigung beim radeln): externer
lernschutz sozusagen (oder fast
food) – vertretbar eine schlange

I

von dulden molden die zu schwe-
ren porzellanzyklamen beduinen
und von genuinen die aus pelar-
gonien nach innen becken wie von
solch umgongten infusorien die
in schnecken oder kunigundelwei-
se auf ruinen urinieren und aus
lyotarden daumenlinien deren mal-
venlarven wie kykladen austern
futternd aus glyzinien lawinen

2

schneemenschemen melden schemen-
schnee – karakum und ninive mel-
dens weiter: sine ira nulla bar-
bes! benevol an telemann verliert
die statik während sindbads kokos-
lotsen ihre kremen über bremens
mnemotopik schicken – ach und ye-
men tickt paletten lethe ins ge-
kröse alter interdependenzen die
noch einmal schlemmen eh die line-
aren kalmen ihre balnearen palmen
jäten täten sine crimen oder ihre
radarmanen mit den riesenlilien-
fatschen seltener medien bedüsen

3

aber wo die vorhangschienen in karnis-
sen über röllchen liefen oder unter zü-
gen nachzulaufen schienen bis zum anschlag
ihrer bahnen an den überfalten schwangen
irisierend wie aus hängeböden oder vou-
ten serpentiner gardaseen newtons ringe
durch hornissenschwärme ins geschirr von
abgefloßnen ölsardinen zu den mißverständ-
lich angebrachten halterungen mit den to-
temköpfenschnäbeln aus kaschierten öhsen

4

des augenlichtes kniff und ort
an dems passiert und sich nicht
zeigt – es tritt zurück ins aug
nicht hell sondern gesichtslos
schmatzend vom augenlicht welches
nur augen hat für lichte kniffe
der ortsverstrebung seines dun-
keln rückbilds wo im augenblick
ich knifflig schmatze – daß es
um keinen preis bloß tauge oder
nur umknickt wo es eigentlich
nicht vorkommt sondern klappend
zuträgt hinter sieben giebeln

5

gerungen ab als nabelstrang
der gärungen im schnabelzwang
was cox präambel vokation das
letzte wäre (beugeglied) für
innehielt was knax darin ihm
hängen tät zurück ins knie und/
oder aber sich im schritt zum
aufgelaufnen bulb (der einen
hänfling tütete) verstand ob-
schon der drall in dem skandal
des anfangs eher später war –
präkognitionsvokabelstraps

6

du kannst ja nicht aus deinem eisen kren
und beißen in den augen die du reiben tust
aus deiner haut kannst du nicht treiben
was du tränst und heißt umsonst die zähne
aus den heißen flocken krähn die dich um-
reißen aber kaum verstehn daß du in ihren
augen nicht aus deinen augen reißen kannst
was eisen treibt zu tränen die du reibst
zu kren weil diese beißen wo du häutest
und mispeln heißen wenn die späne raspeln

7

geh es hin streng stell übers fort
dir aus strelizzen seines sechstels
nachgefärbter gegenüberlungen reste
karst: nächstens brechen nibelungen-
niederungen her und hinterm flecht-
werk ihrer stellungen den schafstall
auch. ins bläst er strohfeuer zare-
witschs stränge des längsten stahl-
werks im gestöber – geh mit ihm ins
gestell und richt rastellis grüße
hinüber wo sie gestänge her und roste
forthin es in stellwänden kataster

8

sprach der truchseß zum ramses: sanfte!
(sollst umgehn mit dem senf du – das
adverb verlangts) – full bock auf sam-
lands widerspruch am rupfen! tau pan
gelingt was mieselsucht am ranft ver-
masselt – zum euphrat mit den kessen
pauken! darüber wird gemauschelt (frucht-
saft) und die braut von ihren jungge-
sellen nackt entblößt (sogar) – die ras-
sel (sagt er) zelebriert des feldes
marzipane; selbst batterien laufen auf
die trambuline raus – nimm bitte noch
etwas vom käs und achte auf die sänfte

9

human am text wächst hambar unu –
unnachahmbar wächst dem buhmann
das schamhaar; u-matik klext; hun-
dertmal weckst du am mahnmal von
schumann schamanen und nubische
punzen – lex umbra erstreckt sich
zur duma – hu man war ja nah am
amu-darja; deckst du manchmal dann
um sechs dich auf? wann kann man
den ku-damm zur u-bahn tragen? du
nahmst ab und zu erschreckend zu-
mutbar flexibel zu; human am text
war zunächst nur umnachtung; dann
kam kap anamur – hambar unu wächst

10

ein seesack samson und ein brosam
angström bringt geza sesam aus dem
bleichgesicht von arpads flora –
und ein peso kascha und ein kodak
sago weicht gegen saramuras schwing-
tür in den pseudo rambo aus wo al-
fons kürbis lobos stromstoß bloß ab-
handen schnöselt – in der isestra-
ße nämlich wo es demnach schneit

11

razzia will paradeis und paradies
will katzentisch und am zibin war
was zuhaus und meistens war es kein
zibin nein meine suppe eß ich nicht
und diesen knödel bringt der storch
für dies und das am nudelholz und
keiner weiß ob was ob wer noch krat-
zen tut das überbein im unterwald
am katzentisch zum paradies das eh-
wieso vor wien und graz verpatzt ist

12

haifi rachmaninov an unnas massen-
schwund nah an taifun aus haifisch-
fleischen weidlich sauber hing und/
aber ususlasch »nicht erl nicht queue«
fast unnahbar zur flöte ging – teu-
flisch synchron im nickzentrum war
michelsonverschnitt/merkur mit um-
brien daraus ein schweiflein hunnen-
kerbelisotop im resultat mit stopf-
gänsen entzweit und gabelstummeln
(bitte bitte bitte) die vor stimm-
verdrossenheiten einfach flockten

13

daß streng genommen was daran
dem strang darin entgegenhing
und doch erregender in dem was
war zu fehlen schien als je kein
horn im zorn denselben aufzumö-
beln wie entwachsen zwang wann
wadenlang knie tunken ging im
punkt in dem entsprungen das was
ihm dann wär als rankenstraps
gerungen ab von oder wem zumin-
dest was bis dato schwamm indem
da etwas auszuschwemmen anfing

14

sechs achtel elbsandalen efeuschleie
albenleukemie – auf den moscheen er-
kern fibeln schläuche amnesien – sechs
achtel schweigefelder segerkegel ot-
terschaumkarrieren – von gelben schelf-
genossenschaften tauchnitz kleie auf
fouché und talleyrand (entzücken) zu
hochporösen emphysemen deren wellblech-
achsen selbst ums hüftenkombinat der
flauen schemel mnemotechnisch kauernd
zu sechs achtel scheuchen balsamieren

15

zur morgengabe (kenntnis & besamung)
nahm deutsch unübertragbar (stöckel-
fähig) sie den absatz zu sprotten
(sich) und kokos gnu – den gurken-
schändern sichtlich aber und durch-
trieben (antlitz & entfaltung) jene
korrekte zugewandt und preis – wie
schön sind eingefleischt die mürben
socken einer auskunft! desgleichen
teilte sie sich (mäuse & bewandtnis)
und ins frühgemüt ein fäustchen mit

16

krutz puhblitz gell am bogen-
tor zu potte schwamm und riga
quer zum drumherum columbus
stand – prutz coblenz bamm das
firmament am darm (darüber daß
man sah die crew) aus halterun-
gen sprang – loft loft – und
wie dryaden stiften gingen bei-
nah klotzfrei unterm putz wo
sie ham-ham trotz fristenschutz
sich dumm und dämlich küßten

17

daß eingeschnürt ihr charme o nie
aus repetierlich kleinen schlaufen-
dingen dann unweigerlich zusammen-
fiele im fingerhut der marschkolon-
nen die auf brückenkörpern in ka-
denzen jene körperbrücken amplitü-
den wo die resoluten hüften sich zu
resonanten schwingen oder lungen so
verstärken (volksempfängnis) daß
die fußung auf den hutschen mit den
schmatzenden hormonen in die ini-
tialen finten ihrer quantensprünge
fiele – welt in stücken und elasten

18

spanabhebend soll die mutter
ihres bauchumfanges wulstung
in dem pulk der trolleybusse
für gelinde schutzgebühr und
nußgroß wie in butter-hessen
nochmals knieender auf maden
blöde bis universalschlüssel
tun damit der hexen-schraube
wasserleichem aufkommen dann
leicht im wasser wert zuwaxe

19

vom schluchten bistum während einer strek-
ke zum zwischenlager auf der buchse nach
nunmehr lothringen wo zweier punkte weiche
oder achse im raum von zesen klemmt d. h.
den fluchtpunkt aufbläht mit verqueren din-
gen die just zur unzeit aus lokomotiven
dienstgebäuden rieseln läuft der schulbus
über ihnen landschaft rochus überkingen
während noch ein wenig parma bis koma auf
dem rücken augen rollt – datum al dente

20

der eins ums andre auf den alten
käser draufsetzend sich hinauszog
in die lose strenge von mayonne wo
unterhalb der liegenschaften sich
das krepuskel eines kaschkawalen
geysirs um die ptolemäerbeine wand
die aus dem keller eines zellulö-
sen schubus ohne labsal und hand
in hand mit eines kalten stramp-
lers aufgegriffenen vermögensre-
sten in die rendite eines spalten-
credos ragten und wo bis dato bart-
los auf das prädikat der äser eins
ums andre seinen gouda biegen tat

21

im rechteck ums elastikzelt heult eu-
rydike konterfei mit einem skarabäus-
bein zum kefirlab in leningrad das in
seehunden (koma nix) dem zentrum aus
der stele ragt und einen tapir im con-
tainer faxt zum conus blödel auf dem
löwenberg (der einen gödelbonus dreht)
– und dies am rheumadeck des univer-
sums zwischen lech und inn wo rocco im
kontrollorgan mir den beleg (countdown)
aufs konto japst – omnia mea tecumseh

22

daß es was es bedeute sei
sei das bedeutsame an dem
was samt und sonders aber
samstags nie das war was
es gewesen wäre ohne daß
was immer es bedeute sams-
tags niemals aber dafür
meistens ramses eisei sei

23

meidend mit aktivem dämpfungs-
deut schlottert überposition den
dotter in den minen – thermisch
sumpfen kinder psalmen unter
holmenlienchen pau zur barren-
findung respective spreizung au-
ßerhalb der reichlich überzognen
panne im verkehr des daudings
wenn die schnuppen lynchen und
mestizen auf die palme seufzen

24

ich palimpse sattelfeste die wir selber
fasten müßten weil sonst du dich selbst
palimpsest während siderurg am limes ra-
stet – herr der ionen! milas palmolive
krustet; lampedusa schimpft ihn aus er-
barmen – fast zur lymphe; bitte laß ihm
seine terpsichorie zum kaffee – ob ich
herbe ob ich schwänze (während du dich
obst und mich ertappst) ist oh dem klär-
schlamm schnuppe; selbst wir impfgenos-
sen steppen einen herpes nach dem andern
euch im kerbel – und die nymphen mampfen
in pedestrischen salinen euch die chips
am tympanon der spanabhebend aaren klauen

25

die makrele ist die stele der
makrone – ohne eine müde bohne
faßt sie kaum ein sol ei zur
violen sonne – oder nimm vor
stonehedge jene hängebühne –
ätsch: eckernfjörde paust me-
lone nicht die krume – karama-
sov ist dem mark der marakuja
ebenso verhaßt wie hörig je-
ner egon ohne nogi dem onegin
– ach selene ist im grund ma-
kaber ohne tenor – aber weiß
das noch die deutsche seele?

26

nerval im knasp ist ein-
gangs nichts zu sagen tag
zum schönen ganglienflur
april april zum schmatzen-
den logau-kothurn ist pott
zum krösen stuhl und horen-
saugen zum kanister lenz
mit raimund-thorax im be-
fund die füße eosin im cer-
velat zum schönen spind ist
cheops nichts zu sagen

27

paarweis leonarden pythons büsten
pflagster – krustenballung tutet
buster keaton tycho brahe als an
einen bau zisternen anders als ge-
wisser nova parvus krater sie in
schuhfabriken oder thermen leopar-
den – mindestens die woche einmal
terpentinen sie einander barfuß –
einmal mindestens das jahr des mo-
nats windschief: da sie angesichts
der erblast pi im schild erblaßten

28

im bariumstiefel schnief die
kordel des rhizoms im schritt
der genitivsynapse so den me-
ridian von butterfett ins um-
gestülpte mittelfeld das oder
sich verzückterweise frikkativ
zum oberbeutelspitz im jahr so
nonverbal holundern anfühlte
beim reiben auf ein schnittla-
uchbrett von hyckorykoriander

29

leihbesetzung eines schmalen ab-
schnitts auf der zeichenschneise
eines scheitels mit dem schnapp-
schuß einer leibesätzung kleiner
schneidezähne bei der einvernahme
cines zeugen vor den fetzen einer
weichen zackenlandung auf den lei-
der etwas abgespeisten reiben ei-
nes satzes katzenscheibenspeicher

30

querkant erwischt fratz krokant panzer
– er kann theben halt so schuhwichs ter-
zer rollbecken wie stracks fee derwisch
banderoles fand was kirschen knirschen
tat (request) – igitt wer knappen mault
polt filzgemein so schnürl in milch denn
requiems wahlzungen baden gehn erkannt
verwischt (schwierigst doch latzraclage
tats) runkelte knurrhahn neben schiwachs
maserati tankwarts scharm – und anderem
kantinenpark verwandt entwischt vor kant

31

frösig zwei bis drei mal nachts zum
paser latschen und vom stapel fahren-
der scholaren spitzen aber dabei drei
bis vier mal quer zur löhre diese vier
bis fünf mal in die dauben ziehn (ver-
mischtes) wo die nasenbäume schwitzend
und zur achsel fünf bis sechs mann dik-
ke stricke sphinxen so daß mund zum
hof ein öffentlich schmarotzes grieben
rinnen lasse was aus alber nespen löh-
re der vespucci bis zum föhlen eicheln
sieben oder sechs mal schulter böte

32

fluiden schmaltürhüften ange-
drängt (durchwachsen: fossa
fossae) wie des dudelrackers
froh im nagelbett umspannt ein
aufgescheucht neurosa halbhund
seinen (weit außerhalb des wes-
falls) trend zum vasenhals (na
ja) und schnetzelt heckend un-
ter eines unterdessen ausge-
dehnten schischtums rhombus (ga-
ga nie rara) zum konushof des
bonus eu an sausenden kaminen

33

sprach ramses zu godzilla: pull-
mann! hast motivation jahraus jahr-
ein – und haderst immer noch mit
phrank? zur villa zotteln (selbst
darüber läßt sich streiten) sam-
son und charybdis: nun ja, des men-
schen kilo ist sein zwischendurch
(kakao) – doch wenn ihm attila da-
zu die brezel reicht (was solls)
dann grüß mir (auch im kinnbereich
keuch keuch) den kruzitürken noch
einmal und vielleicht (sozusagen
bitte) noch en bloc den klotz am
salm (gesäß) des benz van kühler

34

inkunabeln sind wo du in duster-clustern
industrien die wie möwenspeck in nabel-
schnüre packst und es die waden dir als
artefakt hinab zu den kontaktadressen
ziept als wo es hosen gibt im ruch von
antithetisch bodenlosen düsen (sekt) in
denen röstfrisch die miasmen und garot-
ten schnorchelnd nach synapsen zecken die
sich gräten (krott) bevor sie insistie-
rend ihre dubiosen kappen (pars pro toto)
und es stallwarm (schnappsack) jene kru-
stenbildung in phiolen preßkulturen gibt

35

spult wüstenpulk den schimmel auf
den kopf und reibsands pflichtlek-
türen ferien im graphit – mag sein;
doch wenn der puck der butterblume
schreiend dann aufs ganze und to-
bruk schlürfend mit dem freiherrn
eins der pfau erscheint: mag sein
es wär ein mehlsack unter tausend
schwarzen miedern – geradezu per-
sonenzüge manche und manche aufge-
weicht und abgeflackt in hohen öfen
jüngst wie euer unlängst timpe te

36

ungebrochen unterbraten klemmt die
krause übergabel schwalbe-schwalbe
– reihenweise dosen high noon (wie
von hopper) reizen symmetriemodel-
le poker aufeinander doch die rhyth-
misch angebrannte mitte zieht aus
hosenträger klausel noch ein weil-
chen locus genitale (wespentaille
schachtelhalme wagenschmiere) –
wie behämmert reißt die gabel nicht
ein teilchen vom beschleuner; ike-
bane magenschwüre streifen opera-
tionale rosen – heule wigwam heule

37

zähne die nach dem diktat verreisen
züchten minushosen noch bevor die
fälle die sie beugen oder zu den
nackten legen (wo in schmelzenden
kontakten sich metamorphosenblasen
aus tabellenfalten losend schimmel
zeugen) in die eisen von prothesen
kommen wo sie unverdrossen eilends
nichterledigtes vergreisend zu den
meilensteinen des vergessens lotsen

38

brennt anatom – klemmt rimini im-
mens: ton ab! bregenz erkennt am
turnus den mentalen wandlitz oh –
entlockt ihm fango domini wie heim-
rats star den rutenschock – kuscht
und stemmt an roccos corpus höher
was ihr könnt – es zeh ha nomaden-
sack plateau! flennt an bilsen bis
die silben tränen: brote ungleich
in antwerpen oder tonto konipheren
oder dannen sie von indigo: tender
bottoms gimpel tinten tore ghettos

39

daß das nicht so nur anders war als
das was anders nicht nur so als an-
deres nicht anders war (wo anderswo
nichts anderes war als was nicht an-
ders anders sondern anderswo nicht
anderswo nur war) war etwas anderes
als das und dies – doch ganz so an-
ders war es nicht was daran anders
war: es war nur so daß nicht was an-
deres irgendwo bloß anders war als
anderswie; und alles andere war soso

Vokalisen

THEODIZEE – ANNA, DER FUSSWIND
ERHEBT SICH : SURGICAL BOMBING –
mnemo-filet »kalander & spind«,
wenn crediteur ihn methodisch
zerwohnt : die schneebaracke ruht im
fensterlicht (ölwickel), zombies
gehn polyphem, anhand der musik
späht fleckig sir nickel-brom; s'ist
meßoptik, je nach adern, und grind
entsteht im köstlichen ohr : spiel-
berg, so ikebana-flair zur spin-
del »helsingör« wie telos, ming,
kleo die fee – danach der guß »i-
deenstrích«, plötzlich zell-shopping,
hämophile panade, schlußbild-
elegie : löckt igel schmollfink
der dosis (jäh) – abspann cherubim,
jeder stich löst pickel, strom rinnt
zero; ideal dann der fluß, schlicht
belebt – wie schön dick, fellow pilz

HEISSER ATEM IM NACKEN:
zweier gnaden impakte
weiß er – aber schimpansen
beißen ab ägina den
leisen bart sämig ab den
greisen: hat eriwan den
reis hekathen ins kathe-
reinenbad legiert? ach es
weiden maden – im kasten
leisten paten sich sake-
mais: erraten! im akt den
eine matte mit ake-
lei begattet sind nase-
weisen knaben synapsen
eingebrannt – derivate
kleistern amnesie: backen-
leisten aß enigmas fenn
heiser (hatem in akten
heißt edamer mit kraken-
geistern aseptisch tanken) –
steifer abderit mag es
kreisen lassen – kinnhaken
reißen latex in fatschen:
weißer schatten ist dann der
heiße aleph in aachen

STORM – DESERT? ODER THEO-
dor? nester! bloß: wen hero-
dot läßt erogenes phos-
phor wässern (»eau de léo«),
schmort jetzt der polderherzog
vorm dessert – noch erlebt: roh-
kost-geßler, mores-nero . . .
hortest erst schober, wenn coq-
au-vins zero-pegel-ro-
tor dem rest schotter gebot . . .
prompt lasert so, wer den lord
vorm messer fodert (»geo-
drom«): hengeloh verzehrt pon-
ton-fez, es rostet tscherno-
soms fester poker – schwer, bloß
chlor-erde, moor-sessel (ob-
wohl meßverbot): der echo-
lofresser plott – wer kreo-
sottest erwog, versteht dort
modder; es loht der dämon
orestes oder lermon-
tows schwester, wo der neon-
trog preßt; methode thermos
ordert er – oder ego-
los läßt er vorne den strom-
stoß der epoden eh los

HÄUFELN ODER ZIELEN?
äugelt noch der ziegen-
beutel – oder schieben
eulen zofen? wieder-
käuer horten fliesen,
meuterhosen spießen
euterlosen hymens
kräuterdosen (wie den
bräuten rosen) – sieben
deutern modern die zehn
säulenhoden – mieten
heuler ohne nieten
teurer? hole sie der
teufel! – doch den riesen-
läusen (bodentieren)
säuseln schober . . . ziegel-
feuern droht der biesen . . .
steuern horen biber?
beulen lodenmieder
neue poren lieber?
träufeln – oder fließen
häute? hoffen grieben?
läuten oder fliehn ver-
streute toten wiegen?
säuft er? oder giebeln
häuser bloß den kniege-
beugten großen wiesen?

DIE HUNDE BELLEN DIE SIRENEN AN –
wild und behämmert stiert die bärenzahl,
tinkturen kellern »ninive-celan«
die krummen zellen, die sie wären, wann
sie unter schnellem irrwisch kehrenlang
die stunden prellten – p. d. james begann
sie zu entlämmern mit vier hemden ma-
gie, und entleerte die zisternen dann . . .
im spulen tellerwind wie jedermann
sind krude schwellen dirigenten kan-
dispunzen wellensprint im gemmental –
wie busse schmelzen sie die hähne bran-
dig, pumpen elegien wie sphärentran
bismutentstellt den kiesgrind jäh entlang:
timur belegt den minizähnen ma-
libu – es gellen die tiere dehnsam
rituell den renshis im flederwahn –
mitunter stellen sie die reden an

EUPHRAT TIGRIS SCHATT EL ARAB

leuna biblis abdera (a-
hoi!) radziwill wattenschrat (ka-
leu, war dies mies!): faß es, grab an
feudalimitaten sparsam –
beuys war iltisfaser, nackt das
scheusal im grieß – wasserbalsam
bleut razin ins dattelradar:
rheumatisch sirrt, was den stab am
treuhandkrimi haftelmachbar
freut – das ist dies: mattgelb hart fahl
streusand zimtschrill puzzle-karat
pneumaschisch fries ampel naphta

TRETMINEN, LÜSTERN AUF MUSTANGS

festschlitten – wüster schaulust angst-
brett, innen brüste (paulus-bat-
terien); küsten, drauf und dran,
schlemihls perückenbausch zu pas-
pelieren; hüstelnd (»knauf & gas«)
grätscht ihm der rücken : schlaufuchs a-
retin! bemüht (sternhauf »moustache«,
speziell südwest) taut gußarm
stettin (-meer) düster auf; und rahm-
zechinen müßten brautkuß (pan-
zerknie) berühren; auch zugang,
netz, idee, münsterschlauch – nur spann-
te dieser, süßen fausts, poular-
den in den kükenstaub – fuß ab!
fettsieder rüsten klausur, ban-
kettstriemen (mythenklau), und waag-
recht kiemen nüstern strauch und karst

HEULMASCHINEN, DIE IM PACKEIS
neuland mimen – sieh, mit sackweis
zeugma trieben sie sich ab, weit
beulbar, schienen nie intakt, seit
(heu am striemeninitial) bay-
reuth salinentief im kral sein
eukalypten schlief – krillhackfleisch
freut, was glied verzieht: lila reißt
greul, spalier regiert die naht, weiß
reut scharpie den zivilfrack – schrei,
boy, mach ihnen dietrich stabreim,
läut brass diesen grieg kristallsteif –
heul: david andy bisam steiß . . .

AM BODEN, DIE ASCHESCHICHTEN –
pastose zinkmaschen, iden-
kathoden, schirach-estrich, me-
tabole schmiersachen zwischen
rahmsoßenlila – heftiges
nashorn, lenz mit kachel hinterm
amboß der riechsalze, trichter-
chateaus derrida'scher zwickel-
kalottentrias, eh sie den
glanzlosen die tasche mischten
nach polen wie das ewige
nachholen: schikanen dicker
landrosenmiasmen in zen-
pagoden, wie maßgeschnitten
nacktboxen, titanenschmiß, fä-
kal-oden, viel andenschlick »be-
ta« oder die schafsgesichter
am großen diwan der mispel –
fast rochen sie nach gewichten!

DIE AUTOS WAREN MIT LEHM BESCHMIERT –
sie auch – wohlan! methylengelb führt
stilblau (korallen) ins fehlgebiet:
schier lautlos fahren mimesen hier
– hier gauchos, aber mit besen wie
die aus toscas emphysemen ki-
wis: schaut, so trafen chimären wie
zielautomaten ins mehlgeviert –
vieh kaut rosa den schlitz leber für
pilau – boraxentitäten spült
sie aus; monate im ehrenglied
fiel tauropathen nicht schwer – meliert
wie haut, so blattern sich häresien
viel kraut – vor allem bitteres bier
schien maut, wo farben in lebensgier
die maus vor scharenmilz krähte: nie
fiel auf, wo das etymleere spiel
die autos waren – mit wem verziert?

ES WAR WIE BEIM TRUTHAHNSCHIESSEN –
weshalb wir meist nur am schiefen
cäsar die heizung klamm stießen,
mes amis! pailles! uraniden-
zerfall briet zeiss, und chlamis-hem-
den war die reißwut anis, wenn
tesla rief ein sultaninen-
schreck – valmy bei fuß war wieder
meßbar, die gleichmut nahm diver-
ser basis reimsud lahm – wie the-
senhaft trieb weihguß dann die len-
den stasi – ein blutbahnwisent
(deshalb die drei pfund rahm – »süßen« –)
versah die taifunwand dieses
nektars hier; streichgult fraß fliesen . . .
s-bahn lieh mai und caniden:
es kam wie beim sprung am riesen-
fletschhaar nie sein schwungrad in des-
sen panier – spreizfuß an spießen

POSEIDONINSTRUMENTE: DIE KINDER TROCKNEN AUS –
vor ceylon, siehst du, werden sie klinker; dort verdaut
noch weißdorn bismutkälber wie rinder oder, auf
schrot, heillos ins brennende vlies – wintersport, genau!
wo kein don ist, stuft es pestiziden flocken haus-
brot ein – politur, wem shandy iserlohn entstaubt;
so leicht kommt wind zu hemden (kiwis, melonen, tauf-
hoheit chronisch) – du mendelst hier schilf, seeroß lenau,
doch, teil schon, schirrst du den regiezisten socken aufs
loch, nein kolchis zur menthe – wie sind geschnorrter lauch-
stock mein zombi und lendentrieb in der kokel-au!
dort geigt politruck nun, wem er im liebesrock vertraut –
hochzeit! – schon ist unterwegs wikingerknoten, faul
pocht nylonzwirn, turtelten die linzer glockenfraun
vor eilpost (sinusphrenesie) wie den lockern laub-
bock weich – schon ist's zu ende im sinterknochenbau

NACH EINER WILDEN SCHÄTZUNG

nacht – keiner will den rest: tu-
bas kleingebilde fräst lu-
nas teilerschild, vernetzt nun
gar stein, erblindet jetzt und
stakt beinern zielbesetzt zum
start – reiner grill! der zählt un-
scharf seine kinder – heku-
ba schreitet in der zäsur
schwach ein (messing ersetzt schwund)
– nach einer brillentextur
kasteit wer sich erträgt, und
haarscheitel gibt den rest zu

CALLAS – THISBE – NERO :
dramatischer erfolg!
wachshaltig (stereo-
balsam in der metro)
am sachlich fernen trog
dann fast ideen, so-
gar das tischgebet! moll,
sagt man sich, gerbt heckholz
arm; schaschlik färbt den chor
nach tragischem gebot –
darf man schiefer tellern? noch
salamiger dem epos
was abzischen, wenn schmoll-
gas paariger zerrt? »toc-
cata in leder« – »voll-
spagat im terzerol«:
kalamitäten! oh
sarmatisch leerer box-
grammatikschädel! rohr-
schach, matt, wiener – ergo
lamafrisch nestelt schon
mastdarm pißkegel : kro-
kant macht sich elend groß
am schamticker – telos
rast am ritzel dem volk,
fast nachricht (edelko-
rall) – ach wie hätte o-
mar sharif den nerz doch
als almbitter gemocht!

WARUM SOLLTE ES NICHT NICHTS GEBEN?
– fragst du folgendes mich; ich klebe
dran – und wollte lässig widerlegen,
was du doch weder bist in feder-
natur noch es ewig niederstehn
hast, um toten essig (in der be-
haarung, rosette links) wie nebel
anzurollen – wenn nichts nicht reden
kann (kunststoff, häresienpiste dem-
nach, kurorte »des lichts« mit neben-
paarung) ohne gräßlich die stete
zahl um solches? es nimmt mich eben
dazu, koste es die gimpel, hell-
wach umpolt, meldet hin wie her, ver-
gast, strullt – kollert es mich? fistelge-
ballt (kurzwort) läßt es sich nicht merken,
fast zu stolz, fesselt sichtlich jeden
nachtzug oder denkt rittlings denen
das zu, wo es vergißt – wird es dem
faß nun doch den genitiv geben?

DRUMRUM GEFÜHLT, ZU FÜLLEN
WAS MICH FORTKLICKT
um unberührt zu fühlen
was sich dort dir
rund ums gespür rumpft, knüller
nachttrikot, mir
zum kumpel glühstrumpf, bügel-
lang im rosig
umsummten stückgut prüden
knalls – schlicht so nicht,
bulbus, bemüht zu füßen
man sich groß blick
um runzeln bückt; du rührst den
strang mit so viel
drumrum gefüllt, zu sülzen
was synoptik
nur unten drückt zum rüden
karfiol bis
flutur, dem rückzug brüten
mag im ohr die
unstrut, gemüt zum rücken,
wand – ich soll dich,
drumrum geführt, stur grüßen

für friederike mayröcker

»WIE HASE BEWEGTES URALT, AUCH DIES«,
wie phase, der bewegung schal (aulis
klimaresede): emulat aus knie
(wie rasend, den sechsten gruß) – man glaubt, kies
kriecht (lavendel, fetzentour), waldraub im
spiel an den gelenken – nur das rauchziel
wien klagt elementen nun, was, maus wie
lyra bedenkend, kleespur hat – schau, die
synapsen schält etzel, blutbahn schraubt mi-
nimalskelett, wenn der zufall auch sin-
niert – hast federleben (kurpfalz! strauchdieb!)
– mich labt nebeljäger; nur land aus linz
(die faser, schlehengeburt), sagt laurin,
schmiegt das je erlebte zu passau; wie
schliert das besteck dem kuhstall (pflaumig
stigma, sendelhände), und malt auch dies

FOKUSARTIG:
hokusai
lost – und schartig
monsunt das i-
dol susa mit
chor und lattich
so um ami-
gos grundhaar: ich
folg nur artig
wo fuß gar nicht
glost – musca im
orkus hat stich-
wort, und fahrig
loht uns das rhi-
zom truxa ins
lot: unzart ist
locus wahnwitz-
ort und mastix
solus halt tri-
kotbrut, fasrig
wo zustand im
sog nun fast ist

AN DER FOKALSCHNUR ENTLANG
hangeln – doch als runkelstab
dann den strohhalm nur zentral
fangen, wo mal unbedarft
war kleptoman und benach-
bart deboras kufenbal-
sam, jedoch man gruppen fand
lange vor kalmus: den clan
zandervolk anurensams-
tags (epochalvouten!) – tang
an der so akuten ba-
lance schmort schmalspurengramm
blanke lokalsuren (stan-
darten) – voll kanutencharme
jagend programmpunkte, bas-
tards: leghorn-parcours demnach,
wanderpokal, sture klang-
ader, chor, aal, gnu, meran –
albern: doch als schuten klar
an der loire zur bretagne

WUNSCHLOSE BUNDHOSE TÄTIGER BRINGSCHULD

zum rosensturz – woher! täglich vermint, kurz
und bloß »der furore mächtige tinktur«,
ruht oder blut noch der käfig, etymkult,
pudor-drehung voller märz-iden – tribun,
untoter, du motte (äfft dich der filou),
kunstbrot des schwunds! solcher, ständig in un-
ruh, folgt dem rundholz der zärtlichen springflut
und borgt es grundlos der fälligen figur

MUNDTOTE BRINGSCHULD, EINFÄLTIGER
nur : tochter schwirrt bunt (streichfähig) her-
um – große springschnur! ein bärtiger
coupon, gewiß, und geizt mächtig (ge-
duld) ohnehin stur zeitfetzig (ver-
schluß-code, epikur-seil); fällt sie, seht,
turnt soße lingua im schäbigen
pulloverschild – und treibt käsig dem
pumpgott, den sie schult, ein »l« in den
schwung; oder strickt zum fleiß perikles

für unica zürn / renate kühn

UND SCHEERT IHR ROSENBAERTLEIN AB:
umfährt, pirogenwärts, ein wrack
(sumerisch: groß, gebärschrein), schnappt
zum verlies sporen, melkt einsam
und lehrt die strophen mehr reibsand;
summt emirs totemscherfleins dann
unschwer die bojen, zerrt eidam
um jericho, verträgt kein ta-
bu – wer zieht novembers ein stral-
sund her? (klio, verzerrt; steinschlag
nun sehr) – wieso entbehrt kein ab-
grund zephir, wo's den hereinschafft
und klebt zirrhosen per weiß was
zum perichord? denn wer einmal
muht, der gibt so dem kehrreim fast
mut; mehr viskosen klärt scheinbar
puh; queridos vermeer zeigt al-
bum her – ich pose herein; klamm
tut vergil so den vers einfach
ums meer wie dort es versteint, ach
und näht vier hosen sehr beinhart

»MORDNILAPSUSPALINDROM« –
schwor sie, als uns karin vom
poldi das blutbad im co-
con-spiel nahm – und ali prompt
noch die schlapp-uhr stahl, die doch
dort wie da unbar (kniegroß)
gorillas zu albinos
bog; pilatus schwamm philo-
logisch nach susa; ziellos
flog ikarus das ly von
orly an – nur war lyon
schon hiatus, als xylo-
phon ihm abschlug, was wie o-
ton sich gab: fußgang in rom,
mord im schlaf und falsch bis dort
wo syrakus kam – synchron

DIE PFAUEN KORYPHÄEN PLOTT – FANALE
miethaushedonisten stehn loch – was macht es!
in daueroxigenen spompanadeln
ist auerochs mir ehre sogar – aller-
dings kauert doch in jedem hofmannsthal fe-
lin auch kernobst mit tender pomp am schalen-
vieh – au, er bockt sich lerchen, stopft annalen
bis sauertopf ihm gähnt (bevor das kater-
spiel blau elohimen telos' am radel
pinnt) – schau, wer dort ischtenem! vom blatt kachelt,
girrt auf dem hochsitz neben lot als faser-
blitz: kauderhort, ideenthorax, blasphem
wie schaumveloziped – denn schon hat harle-
kin bauernlockig jenen pol am andern
knieraum gerotzt; wie gerne holt man dann den
brief aus dem obigen versroman nach (sep-
tim) – braucht es doch irgendwen! wo man taler
wie lauser schnorrt, liebesgewohnt – am dattel-
kiel strauchelt's noch im eselsohr an waden

EIN TIEFES FEUCHT EIN HOHES KLAR:
gleich wie erzeugt beim korrelat
leicht flieder, kreuzweis, so: es paart
eilbrief, epheu, maillot, wetzlar,
mai, mief, theseus, scheintod, festmahl,
schreit: fides, keuch – dein zores naht!
– leicht stiebt es spreu, streicht boreal,
heidi verscheucht heimo, wenn gar
kein liebes fräulein maud es war:
ein knierest reu sein soll! – weshalb
drei hiebe neuß bei torres brahm
heißliefen, heu, greis florestan!
bein schiebt boys rein: ob er da
einschlief? es schäumt, reißpose knarrt
scheinglied, es zeucht ein ohm meßbar
tailliertes: leucht ein, omega!

URSPRÜNGLICHER EKEL BEDEUTE, DASS MAN EINEN
GROSSEN BEDARF HABE, INSEKTEN ZU VERSPEISEN –
nun, rüdiger, weder dem beutelfraß ameisen
noch den mega-asseln stinken bewußte schneiden . . .
nur früh linksgeräkelte häuten das faß eier
von jenen ab – aber in säcken ruft es leise
und prüft dicken käfergebäuden (paradeisver-
lorenen) das labgerinnsel senf zu vergreisen:
untrüglich, wer lebendem heuschreck papageien-
soßen verpaßt – nach gesinterten nudelstreifen
pur brüt ich den kegel der läuse: faß an, reiße
los den fettschwanzpanzer, die deckel guter beine,
und führ libellenstäbe feucht dem sandmann ein; be-
toaste demnach maden (innengeburt): den feisten
gurrt müsli, wenn hegel den leuten sagt, daß meist er
großen bedarf habe, insekten zu verspeisen

GREISE STUNDEN DIE ENTSORGUNGSPFOSTEN

meist versunken schien es doch und rollten
schneisen zu ventilen; wo umsonst den
kreiseln brummt der diesel kot um pfoten
reicht es pulpen sich den ort nun kosten-
gleitend zu dem bienenkorb zu borsten-
weichen schultern wiederholt zu kolben:
eingebunden schieben vor nun oder
reichen nur vermieden ohr und hosen
ein den runden stiefel wo tutoren
meist versunken schien es noch um konter-
greise stunden wie entsorgungspfosten

ERSATZFRUST ÖHSEN HOFFNUNGSTRÄGER:
zerrt amouröser ort zum fräsen
der atmung – schnödem forum sägt er
verrat und ölte schon muränen-
dem aku: tröster vormund hält re-
servat kurz, löckt dero umschläg ge-
gen paarungsgrößen, oh, und kräht er-
regt: spatz muß schnöselpott um brägen-
erasmus kröten! okkult gräten
beratungsmösen, doch nun schlägt er
leer an brust, lötet forsch und träge
dem nachmund brösel hoch – grund wähnen-
der sack zum flötenchor! nur ärger
verpatzt schnurlöser frost jungwähler
der taz-crew – köderlos schluckt jäh den
spermagruß: ödem, schloßhund, schwäne . . .

PERSÖNLICHKEIT MIT STALLGERUCH,
der völkisch gleich im all verpufft,
benötigt freilich (als versuch
der brösligkeit) bizarre chuz-
pe, ölblick, streit – die schnalle fuch-
telt föhn, gicht spreizt vitalen stuck:
verpönt ist, seit im gral der pun-
zer löß wie eibischgalle spurt,
der löwitsch – hei, pigalle flucht
betört: strichweis mistralt es nur;
der stör wird feist mit aller wucht,
erlkönigs schweif riecht qualmend un-
versöhnt tchikai – die falle ruft;
wer böhmisch dreißigmal »vesuv«
empört vielleicht mit kalter schul-
ter stöhnt, ist geil wie katte – huch,
es frönt im heil die schar dem muf-
felröhricht meist – piratenmut-
ter klönt, ich weiß, sich als genug
verstört im reisigspalt der kuh-
le: döblin, ajgi, walser . . . sturz-
gewöhnlich heizt spinat dem lurch
gehörig ein mit kalber brunft

OST- UND WEST- UND SELBSTBEWUSSTSEIN –
noch juckt es, schmuddelwerbung, nein:
chorus bläst, und welche rußt ein
postumes muster (fell) ums steil-
obstmuseum, dessen stuhl kein
losungsrest, und dessen fuß seit
kothurnen zum bellen uns reißt:
schon umstreßt, unter dem sud, scheint
moos unstet, wunderfest (kurz), meist
skrotum, mundschreck »flur«: felsenblutstein –
kommst, summst, läßt uns pelzerkunst »klein-
groß« und preßwurst schmelzen – wust, ein
ohrwurm paestum, welt, zebus, rhein-
gold, flunkermut, stelzen durch dein
monsunnest, pulsmesser brustbein

JUCKT SPANSARG OCHSENFARTHS DROMMEL:
you can't rammbock the fax problem
più! schwarzach klopft preßsack so de-
miurg kardan (zoff verbarg kofel
yukatan propter graz: golem
triumphant) – schwant's otterm quarz boxen!
just am schwarmloch zerbrach bommel
junghans das joch: verdammt, frog, den
liutan grammt's pockenpack schmorle . . .
jura schlang phlox, extra schwomm pel-
sius zampano den lackbolzen
news an – mal pfropfte bast border-
liuba, mal bohrer schlagstock dem
juntabarsch – borges zarg, schocker
pius am tango-jet! pax offset
your tamtam, kropf den traktoren-
julklapp – barock, methanol them!

KRAUT-STÖR : UND ES WAR KAUM HERAKLES'
hautöl zungenstarblau verwandt der
auflösung des warschauer paktes:
schlauchfötus, dem garaus, fettnasen
aus flöz unterhalb mauerfraß, der
laut bröslung geschah; auch ekstasen
saublöd, wunderbar, schaukelhaft ge-
nau – stößt und bewahrt power, rastet
aus (strömung) : celans raum, er sagt es
auf, schwört, pudert, kalauert nackten
braus; stört unsern schlaf, dauert ach den
schaumlötungen fast außerhalb des
staus schön kurz – er starrt sauerbraten
auf löß : plunder mastbraut debakel

LEDERZOPF, MUNDWEBEL – ACH, ES DECKT SICH
themen-, stoff- und heldenwahlästhetik
heterobusenden schmalverkehrs mit
jener nokturnen melasse des klick-
schädelstocks unter dem achten essig:
kremser volksmund pellt den aal, es leckt im
kerbel noch flundernder paläste die
mädels profund – welpen halten's eckig
dem schelf vor; nur helenas meerrettich
schmeckt des torfhunds emmental, wenn seefisch
federlos zum zellenhals des eppichs
mäht den hof – und melden alles, wem sich
dehnte korfus wellenkader – mählig
bremen pollux edelstahle stets in
schemen, so turnt bestenfalls der schnee, gips-
wedel ensor spult welten mal des schlemihls
jähen logwurm – schellen aß es täglich

LECKT ZONIS BIODROM KARTELLAMT

speckt ponis trio schon ab elsaß
präkognitionsvokabelstraps –
phlegmon zieht ihm ottos bubblegum
weg, wo in silos cauchemar deshalb
spät noch, wie sie flog, roch am seelachs
teflongrill die ontomase bast –
queneau nimmt die polokappe knapp:
wär doch iltis noch wo basel schnalzt,
räsoniert ion – orakel grapscht
gehrocks minidocht, so daß shellacks
querposition probabel flackt –
però gibt's piroman den brahms
(tektonisch »griffon«) vor arlbergs pa-
läolibidoroman – quelle blague!
prägstock ildiko bohrt nach, feldschrat
schmeckt loch ins (wieso?) raspelquant:
flex bog sie, die holzmonade »a-
près« – oh, in vivo moost abaelard!
elohim rhizomt jod an stellas
krepp: logik wie ponchos, aber stramm
verlobt mit zyklon – so fabeln pla-
zebo-indios vor allem nachts

KLINISCH VERLANGSAMT, THEMA »KALTENBRUNNER«,
die diebe, sagt man, stehn am pfahl gebunden
wie tibet, quarantän, phalanx der muren –
schilifte dann, wann der anstand geht, und en-
zykliken; ach man gräbt am wasser, unter-
nimmt siebe, faßt nach (pedal, wandelschuh), denn
die wilde nacht macht schnee, sagt man, den hunden
stillt sie den drang nach fäkalspangen, fußemp-
findlich nagt ares an kaltem truchseß
wie grieß am trapez (dampfwalzen) – nur e-
mily besagt daß fehl am platze, unstet
sie bliebe; »watzmann«, »see« war dann sehr unter-
schiedlich; wer hat das stets mal nachempfunden,
zylindern anfangs, eh man dann es zuge-
billigt (klee, hals, bagger)? – manchmal der puls, cä-
cilie, langsam jemand anders: ulster
die stiche schamhaar mehrzahl maserungen

VERSICHERUNGSTECHNISCH BIST DU TOT,
eh dich der hund des irrwischs (tutor)
herrichtet und mehl dich schlicht zum stoß
beschlief – währungsverbindlich fußt quo-
tenindex unter frist, bis tuff o-
der sichtschmer unterm kiwi-pudor
zerbricht; wer flunkert, mischt mit! nur, wo
regt sich mehr mutterinstinkt? ruhlos
fährt schlitten und bewußt dich judo,
erbittert unterbricht timurs ro-
ter stift den kutter im biß – brutto
verklickert uns täbris in schuhsoh-
len, pflichtversunken, bis wismut tobt
erblich – retourmäßig frißt du dort
enigmen zu blechmist, wirst tumor
schwer, dichter und ständig intus – schrot
der trichterkunde, hibiskusflor,
der dich gellt, sumerisch trist, und gro-
ße klitterung – eh sie dir rumort,
verstrich den uhren die richtschnur, zog
es wieder trunken dir im rufmord

ROLLTREPPENHANDLAUF – VORAUSEILENDER

polderflex (aal aus torf, auf steile me-
tros gelegt): spandau-moskau (weitergehn)
zog es mental auch dort aus teilen, den-
noch steppengras, rauh, woraus einzeln (end-
loser verband) autos kaum weichen: seht,
kopf gepreßt am knauf, so stau – greift pene-
lope dem fangrausch vor, saust ein endel
stollenschema (strauchmoos, ausgleich) jenen
kornflechten nach; flau posaunt einhänder
troll – weder nach haus noch seitenver-
zollt ketteln dann paul vor saul eilends den
wollenen brandschlauch – moorlaut, ein lenden
mochte es wand; faustgroß (mauleichelphä-
nomen) geht was klaubt vor – aus weiten des
ostwestvertrags schaut noch brautkleid, wenn der
bollwerkernachlauf vorauseilt dem d-
moll-klepper – das glaukom raucht weißen schnee

MOKASSINS? WEN SOLL MAN LEASEN?
vokalisen-loks? kalifen-
ohr, quasi entpolt? valisen –
wo dann biesen sogar schiefen
kohlrabis »melos« nachriefen?
gotthard schmiert xerox a bis n
voll: salinen, kobras, iden –
soll man dieselobst spalieren?
cocamiezen, klokabinen,
omars wilden chromatismen
volatilen troll akrylen?
wolframthisben noch als fliesen
so an ihre stola schmiegen,
sobald sie den pottwal mimen?
oh am nierenzollamt schniefen
kobaltwiesenokarinen,
sofas, schienengroll, atriden-
volk samt π, lemgo, bali, phä-
nozahl sieben, flokatis, ve-
rona, schlierenschock – fast krisen-
mofas, die den polkaspießen
folgsam in den schmollzwang niesen . . .
opal! – indes schon das grieben-
holz massiven mozart wie des
clochards friesen vorwahl schliefen
bona fides noch als bilsen-
kommanditenfloß an diesem

SÄBELRITT UND SCHLENDRIAN –
bärbel wird hundert, riga
tätschelt sich drum pelikans
nägel illuster (zitat) :
schnäbelrhythmus gähnt sie an
pendelzyklus »schmeling«, alm
fräst helium genita-
len verschnitt, und gen nizza
bergells schlitz nun – derrida
läßt celsius, wenn siam-
schädels quittungen ihn lahm-
näseln : primus brennt (wie an
rädelsfigur »kelim«), dann
wedeln mit usbekistan
hebbel, schlips, udet, isar
(schänder wird zum spezial-
rebell) – frisur lehnt bisams
kerbelschrift nun wenig chrysan-
them dem schlittschuh-emirat
schräg; demiurg (den diwan)
quält elritz gut seminar-
gängern ins rubensnitrat :
fällt rettich punkt, gehn wigwam-
hähne pritt – und epitaph
tritt schrumpelblitz schwan . . .
kälberwitz! und schlehn, die an-
ders grell sind zum brehmdia-
dem des pyrrhus, sehn dich al-
bernen dings, prudentiam

GIBST DU MIR EIN EI, LAURA?

nimmst du vielleicht eins? schau mal,
firdusi streicht kein bauland
in turin ein – steig aufs dach,
pinguinlein, gleich schraubt das
insulinschwein (ein pfau la-
tium) dich klein, scheinfrau, als
immunlicht; leihweis auch rab-
bi; und wie leicht ein hauch pa-
ris zunimmt, meist kleinlaut – ach
milz und schwingseil reißt brautnah
(impulsiv) mein teil – kaum starrt
figur sich ein bein blau an,
springt zu mir dein greis, maul am
schlips – und knickst ein, mein lautaal
minus tchikai, weil: kausal
ist schuhlist pein, nein grausam
zwist – du bist ein keil, laura!

SCHWARTENLEIBER GEHN UM : WESPEN
spalten weichen, verluderte
kartengreifer sehn zu – letztge-
nannte teilen den wurm, lecken
schartengeil spenzer und verdrehn
akeleischwänzen kuttelschmer-
walzen . . . ein entfernungswesen
dachte seinem verruf eben
nach – gebeine gehn um gestern
zarte eichen, es umwest den
wasserreifen, der hustet – wer
da? stegreifer trend, nun messer-
scharf gestylt, jede stunde ent-
haarte pleiten – je nun, kettel-
psalter, seifenzentrum des nepps –
lachte er : kein ende, mutter der
warthe, schleifender kutter, lenz . . .

PFUI, LUISE! – PINATUBO SPUCKT UNZEN

»to be« – du bist pepita, du glost kuckucke
zu drittruhigem klima : suchort kultur (e-
tui) – ulysses ringt nach luft, homunkul ent-
mutigt quitten-lear, natur (lockruf »uhr«) nennt
»quidquid« den spinat – du sollst nun lukrez
kruzifurien! mit nachdruck bockt cucumber
quitt; nullidentisch faßt luchsohr mut, und es
durchdringt schurigel wie spat . . . du rochust plunzen,
touringclub, fieselst dich ab – cool sockt pool zum ent-
zug im druiden . . . final schlug bohrungslust den
curriculisten im fassungslos umsummten
fluidum; diese, viel kant und chlorturm, funken
gullikulissen hinab zum skrotum : ute-
rus liebt universitas – spur noch, du puffer,
pfui, du schliere – sieh : was du morst, pulst unten

MISPELWRINGER IM ABSEITS : FRÜH-
lingshärmlinge im dampf, ein müs-
lizelt girrt ferdinand, leicht rüd
schirmt elritze dich ab – heimtük-
kisch gewinnt wer; nicht allein für
wickelkinder, die dabei rück-
lings verschwinden, ist das ein trüb-
sinn – stell mir den ticktackweichspül-
binder ins gesicht: karteimüd
lispelt sich enigma eins; künf-
tig genickschnell wird arbeitsglück
immer springer – vita drei glüht
mir, wenn nicht der smirnageist trügt:
kipfel sintern hirn – dann speit grün-
lich der fingerling karl may zü-
richgelb, sprinkler, litanei, tüv

STOLPERDRAHT : ZIELPUPPE : EPIPHANIE –
hosennaht : fliehmuskelfett : schimanski-
rolle paniert : sturzhelmregie : karzi-
nom clematis : gruppenspecht : infrastich-
wort »thema« (minusschleppe) : zickzack si-
dolfleck : nachsicht & energie : kaly-
pso, krepp, manitu : ehepflicht »zahnspi-
on« : theklas mischungsphrenesie arg im
kommen : asylfutter »eppich« (spalier-
obst) – terrassierlungen : zephir »kaki« :
folterschwamm : kriechspurhäresie : karni-
vore garnitur »pepe« : flicksaal : zieh-
tochter »krapp-nil-ruckpegel-fifa« : stil-
roller »pax« : ich du er es sie (scharnier) :
zollverband : kielsuppe : mehlig-rahmig :
pol, schreck, darm : vier uhr sechzehn : titanic

ABRAKADABRA, NACHMALS
tartar, nachmals kandahar-
kardan (als das paar am dach
als haarschwamm kam) nachmals spar-
sarg, nachmals makadamma-
dam, nachmals kamtschatka (als
das anagramm banal war)

DEM ELEMENT DES ELE-
ments geht es echt felsenfest,
wenn es den pestern (terem-
tete!) wellenketten läßt;
denn stets ersetzen nessel-
betten jenem chesterkäs
den hexenkessel (wetten?)

WIE ILTIS IM SCHILF SICH MIT
sissi stritt – wißt ihr wie dring-
lich? mir ging sie minidril-
lings ins bild, dich ließ ihr ri-
minikilt nicht still – im schnitt
riskiert sie viel : kitzlig im
biß ist die frist die sie ließ

MONOCHROM ROLLT O-TON-KO-
kon pro toto vom holzpflock:
dort wo koloß pollock fror,
schont chloroform klopfmotor –
noch bockt vollmond holomorph,
noch schmort gorch fock loco (vor
ort) – noch zollt ohr protokoll

ZUR KUR FUHR URWURM – KULTUR
pur! zur turmuhr fuhr uhu
drumrum – stur turnt nun purpur –
knurrwut um sturmschwurschwund;
ruth summt, plumbum spurt krumm, un-
fug flurt dummklug rum – kurzum:
nur schwung zum kuskus, nur schwung!

SCHNEUZT EUCH HEUT FEUCHT! SCHEUCHT PNEU EUCH
neu – sträubt freud euch leu; zeug
keucht euch, zeug bleut euch, zeug träumt
euch . . . streut euch heu, kreuzt euch scheu,
knäult euch spreu – deucht treu euch käuz
(toi toi toi), käut mäus euch kreuth –
stoi! räumt euch! fleucht! (freut euch, leut . . .)

FÜNF STÜCK MÜLL, FÜNF STÜCK TÜLL – HÜ!

bülbül pflückt für bülbüls münd
fünf büx kür, für bülbüls füß
fünf kür büx – trüb drückt türl; schnürl
schlüpft glück; bürzl zückt prüd; für fünf
kür süd türmt bülbül fünf brüh
würf – kühl türkt fürth fünf stühl mürb

für dierk rodewald

ZWÖLF BOXKÄMPFER JAGEN VIKTOR QUER
ÜBER DEN GROSSEN SYLTER DEICH. VOILÀ,
höchst modern, der athlet mit vorder-
rübe: verdrossen fühlt er ein floß am mast.
ökodämpfer haben ihm solch lek-
türe verboten – knüller greift, hoppla, dran
wölbt noch strecker das gebiß! – o. k.,
drücker zeno, der kyreleison hat angst.
löckt vorwärts der alte bison? ver-
übelt er noch? enzyme streift noah ab.
stör blockt schädelsam, es klickt dort schwer,
tüll wedelt bloß, wenn tynset kein loch langsam
ölt – phlox lämmert was dem chicorée-
stück entgeht. oh, der mythenseim pflockt balsam-
kölsch; doch längst vernascht gehn sie, polder
über dem großen sylter deich, voilà.

Die »*Neununddreißig Gimpelstifte*«, fast alle im Herbst und Winter 1989/90 geschrieben, setzen die gebündelte Bemühung des Palindromprojektes (»Kopfnuß Januskopf«) in einem Punkt fort: diesmal ohne strenge Spielregel »dem Wort vor dem Ding vor dem Wort usw.« auf die Spur zu kommen – bloß mit dem Vorsatz im Ranzen, dem »Präkognitionsvokabelstrang«, der sie schiebt – und legt –, quasi transitiv/intransitiv nachzugehen.

Entstanden sind dabei kleine »Orgien«, nicht nur des Wohlklangs; eher der Polysemie und syntaktischen Polyvalenz. Gleichwohl Gimpelhaftes (Brentanos Starensprache!) und eben »Stifte« – Skizzen, festgehaltene Spur. Der alte Kistennagler, diesmal mit Nut und Feder (am Hut).

Die »*Vokalisen*« (Winter-Frühjahr 1990/91) greifen unbedenklich läppisch und ernsthaft voll ins Vokalmuster »aus aller Welt«. Ihre Machart ist denkbar einfach: immer von neuem an der Vokalschnur der Ausgangszeile(n) entlang – nur die Selbstlaute (in der Reihenfolge ihrer Abwicklung) zählen. Die Mitlaute sind unerheblich. Das kann nicht gut gehn, das geht nicht gut. Erheblich wird ja gleich genau das Unerhebliche: Konsonanten übernehmen die Sinnkonstitution – bis zur Unerheblichkeit, wenn wieder die Vokale sinnstiftend erscheinen; undsoweiter. Ein verfahrenes Verfahren. Was abschnurrt, wird geschnürt: dem Text der Ranzen, dem Sprechen die Kehle, dem Exorzismus der Exorzismus. Wenn solche Vokalisen trotzdem »funktionieren«, so liegt es an der Trägheit. Wahrscheinlich sind syntaktische Figuren zählebiger als die Wörter. Oder »alberner«, weil sie sich krampfhaft an ihr umfassendes »Verhältniswort« erinnern wollen, das es nicht gibt, weil sie es zum Teil selber sind.

Selbstläufer gegen Mitläufer, Vokale gegen Konsonanten: Noch ein »Dualismus« wird subkutan auf seine Hinfälligkeit poetisch geprüft.

Oskar Pastior

Inhalt

Neununddreißig Gimpelstifte

Vokalisen